OH, CRUMPS!
¡AY, CARAMBA!

Written by/Escrito por Lee Bock

Illustrated by/Ilustrado por Morgan Midgett

Translated by/Traducción por Eida de la Vega

To Bob, whose morning always comes early.
— Lee
For Mom & Pops, who kept me full of laughs and hope.
— Morgan

The illustrations in this book were done in oils.

Text Copyright ©2003 by Lee Bock
Illustration Copyright ©2003 by Morgan Midgett
Translation Copyright ©2003 Raven Tree Press

Publisher's Cataloging-in-Publication
(Provided by Quality Books, Inc.)

Bock, Lee.
   Oh, crumps! / written by Lee Bock ; illustrated by
Morgan Midgett = ¡Ay, caramba! / escrito por Lee Bock ;
ilustrado por Morgan Midgett. -- 1st ed.
   p. cm.
   Text in English and Spanish.
   SUMMARY: The misadventures of a sleepy farmer as he
agonizes over a mixed-up list of the coming day's
chores: How will he ever milk the fence, repair the cow,
mow the silo and climb the hay before morning comes?
   Audience: Ages 4-8.
   LCCN 2002109576
   ISBN 0-9720192-4-3

   1. Domestic animals--Juvenile fiction. 2. Farm life
--Juvenile fiction. 3. Animal sounds--Juvenile fiction.
[1. Domestic animals--Fiction. 2. Farm life --Fiction.
3. Animal sounds--Fiction] I. Midgett, Morgan.
II. Title. III. Title: ¡Ay, caramba!

PZ73.B6234 2003   [E]
                    QBI33-920

Printed in China by Regent Publishing Services Limited

10 9 8 7 6 5 4 3 2 1

first edition

OH, CRUMPS!

¡AY, CARAMBA!

Written by/Escrito por Lee Bock

Illustrated by/Ilustrado por Morgan Midgett

Translated by/Traducción por Eida de la Vega

Raven Tree Press
LLC

One night, Farmer Felandro went to bed early. He pulled the blanket up under his nose and yawned. "I'm soooo tired I can hardly think straight. Tomorrow will be a busy day. I have to milk the cows, repair the fence, mow the hay, and climb the silo. Morning comes early," he said. Then he rolled over and closed his sleepy eyes.

Una noche, el granjero Felandro se fue temprano a la cama. Se tapó con la manta hasta la nariz y bostezó. "Estoy taaaan cansado que no puedo ni pensar a derechas. Mañana tendré un día muy atareado. Tengo que ordeñar las vacas, reparar la cerca, segar el heno y subir al silo. La mañana llegará pronto", se dijo. Entonces se acurrucó en las mantas y cerró los ojos.

Maaaa! Maaaa! Maaaaaah!

Farmer Felandro sat up. "What's that noise?" he grumbled. Then he remembered: "Oh, crumps! I forgot to put the kids to bed."

¡Beee! ¡Beee! ¡Beeeee!

El granjero Felandro se incorporó. "¿Qué es ese ruido?", rezongó. Y entonces se acordó: "¡Ay, caramba! Olvidé acostar a los cabritos".

So he stuck his feet into his old brown work boots, clumpidy clumped down the steps, slammed the screen door on his way out, and chased the three little goats into their pen behind the barn.

De modo que metió los pies dentro de las viejas botas marrones de trabajo, bajó los escalones torpemente, dio un portazo a la puerta al salir y persiguió a los tres cabritos hasta que consiguió que entraran al establo.

"There. Now it's quiet, and I can get some sleep." When he got back into bed, he pulled the blanket up under his nose and yawned.

"I'm soooo tired I can hardly think straight. Tomorrow will be a busy day. I have to repair the cow, milk the fence, mow the hay, and climb the silo. Morning comes early." Then he rolled over and closed his sleepy eyes.

"Ahora que todo está en silencio, podré dormir". Cuando se subió de nuevo a la cama, se tapó con la manta hasta la nariz y bostezó.

"Estoy taaaan cansado que no puedo ni pensar a derechas. Mañana tendré un día muy atareado. Tengo que reparar la vaca, ordeñar la cerca, segar el heno y subir al silo. La mañana llegará pronto", se dijo.

Entonces se acurrucó en las mantas y cerró los ojos.

Brrrrrufffff ruff ruff! Brrrrrufff!! Brrrrrufff ruff!

Farmer Felandro sat up. "What's that noise?" he grumbled. Then he remembered: "Oh, crumps! I woke up the dogs when I slammed the screen door and now they're going to bark all night long."

So he stuck his feet into his old, brown work boots, clumpidy clumped down the steps, closed the screen door carefully on his way out, and chased the two big dogs into the hayloft.

¡Guau! ¡Guau! ¡Guau!

El granjero Felandro se incorporó. "¿Qué es ese ruido?", rezongó. Y entonces se acordó: "¡Ay, caramba! Desperté a los perros cuando di el portazo y ahora se pasarán la noche ladrando".

De modo que metió los pies dentro de las viejas botas marrones de trabajo, bajó los escalones torpemente, cerró la puerta con cuidado al salir y condujo a los dos enormes perros al henil.

"There. Now it's quiet, and I can get some sleep." When he got back into bed, he pulled the blanket up under his nose and yawned.

"I am soooo tired, I can hardly think straight. Tomorrow will be a busy day. I have to mow the cow, climb the fence, repair the hay, and milk the silo. Morning comes early." He rolled over and closed his sleepy eyes.

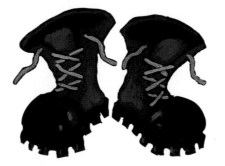

"Bien, ahora que todo está en silencio, podré dormir". Cuando se subió de nuevo a la cama, se tapó con la manta hasta la nariz y bostezó.

"Estoy taaaan cansado que no puedo ni pensar a derechas. Mañana tendré un día muy atareado. Tengo que segar la vaca, subir a la cerca, reparar el heno y ordeñar el silo. La mañana llegará pronto", se dijo.

Entonces se acurrucó en las mantas y cerró los ojos.

Moooooooo! Mooooooooo! Moooooooo!

Farmer Felandro sat up. "What's that noise?" he grumbled. Then he remembered: "Oh, crumps! I woke up the cows when I put the dogs in the hayloft. Now they'll bellow all night long."

¡Muuu! ¡Muuu! ¡Muuu!

El granjero Felandro se incorporó. "¿Qué es ese ruido?", rezongó. Y entonces se acordó: "¡Ay, caramba! Desperté a las vacas cuando puse a los perros en el henil. Ahora se pasarán la noche mugiendo".

So he stuck his feet into his old, brown work boots, clumpidy clumped down the steps, closed the screen door carefully on his way out, and shooshed the cows into their stalls in the barn.

De modo que metió los pies dentro de las viejas botas marrones de trabajo, bajó los escalones torpemente, cerró la puerta con cuidado al salir y condujo a las vacas a sus pesebres dentro del establo.

"There. Now it's quiet, and I can get some sleep." When he got back into bed, he pulled the blanket up under his nose and yawned.

"I am soooo tired I can hardly think straight. Tomorrow will be a busy day. I have to climb the cow, mow the fence, milk the hay and repair the silo. Morning comes early." He rolled over and closed his sleepy eyes.

"Bien, ahora que todo está en silencio, podré dormir". Cuando se subió de nuevo a la cama, se tapó con la manta hasta la nariz y bostezó.

"Estoy taaaan cansado que no puedo ni pensar a derechas. Mañana tendré un día muy atareado. Tengo que subir a la vaca, segar la cerca, ordeñar el heno y reparar el silo. La mañana llegará pronto", se dijo.

Entonces se acurrucó en las mantas y cerró los ojos.

Meeeyoweeee! Meeeyoweeee! Meeeyoweeee!

Farmer Felandro sat up. "What's that noise?" he grumbled. Then he remembered: "Oh, crumps! I woke up the tomcats when I put the cows in their stalls. Now they'll fight all night long."

¡Miauu! ¡Miauu! ¡Miauu!

El granjero Felandro se incorporó. "¿Qué es ese ruido?", rezongó. Y entonces se acordó: "¡Ay, caramba! Desperté a los gatos cuando puse a las vacas en sus pesebres. Ahora se pasarán la noche peleando".

So he stuck his feet into his old, brown work boots, clumpidy clumped down the steps, closed the screen door carefully on his way out, and tried to chase the tomcats away. "I guess I need the dogs for that," he said. So he let the dogs out of the hayloft.

De modo que metió los pies dentro de las viejas botas marrones de trabajo, bajó los escalones torpemente, cerró la puerta con cuidado al salir y trató de ahuyentar a los gatos. "Creo que me harán falta los perros", se dijo y dejó salir a los perros del henil.

"There. Now it's quiet, and I can get some sleep." When he got back into bed, he pulled the blanket up under his nose and yawned.

"I am soooo tired, I can hardly think straight. Tomorrow will be a busy day. I have to repair the cow, climb the fence, milk the hay, and mow the silo. Morning comes early." He rolled over and closed his sleepy eyes.

"Bien, ahora que todo está en silencio, podré dormir". Cuando se subió de nuevo a la cama, se tapó con la manta hasta la nariz y bostezó.

"Estoy taaaan cansado que no puedo ni pensar a derechas. Mañana tendré un día muy atareado. Tengo que reparar la vaca, subir a la cerca, ordeñar el heno y segar el silo. La mañana llegará pronto", se dijo.
Entonces se acurrucó en las mantas y cerró los ojos.

Burrrrufff! Burrrrufff! Burrrrufff!

Farmer Felandro sat up. "What's that noise?" he grumbled. Then he remembered: "Oh, crumps! I let the dogs out to chase the cats who woke up when I put the cows in the barn, who woke up when I put the dogs in the hayloft, who woke up when I put the kids in their pen. Now they'll bark all night long."

¡Guau! ¡Guau! ¡Guau!

El granjero Felandro se incorporó. "¿Qué es ese ruido?", rezongó. Y entonces se acordó: "¡Ay, caramba! Dejé a los perros afuera para que cazaran a los gatos que se despertaron cuando puse a las vacas en el pesebre, que se despertaron cuando puse a los perros en el henil, que se despertaron cuando puse a los cabritos en el establo. Ahora se pasarán toda la noche ladrando".

So he stuck his feet into his old, brown work boots, clumpidy clumped down the steps, closed the screen door carefully, and started his day.
Because morning had come.

And it WAS early.

De modo que metió los pies dentro de las viejas botas marrones de trabajo, bajó los escalones torpemente, cerró la puerta con cuidado al salir y comenzó la jornada.
Porque ya había amanecido

Y ERA temprano.

Glossary / glosario

English	Español
farmer	granjero
blanket	manta
morning	mañana
boots	botas
barn	establo
cow	vaca
fence	cerca
silo	silo
door	puerta
sleep	dormir